Die junge **DaF** Bibliothek

Lara und Robby in Leipzig

Von Kathrin Kiesele und Gabi Banas
Mit Übungen von Jens Magersuppe
Illustriert von Jutta Wetzel

 Deine **Audios** findest du hier:

1. Gib den unten stehenden Zugangscode in die Box ein.
2. Hab viel Spaß mit den Audios.

Dein Zugangscode auf
go.cornelsen.de | fowura

Lara und Robby in Leipzig

Von Kathrin Kiesele und Gabi Banas
mit Übungen von Jens Magersuppe
und Illustrationen von Jutta Wetzel

Redaktion: Franziska Gross
Layout und technische Umsetzung: Klein & Halm Grafikdesign, Berlin
Umschlaggestaltung: Ungermeyer – grafische Angelegenheiten, Berlin

Illustrationen
Cornelsen / Jutta Wetzel, Siegburg: Seiten 4, 8, 9 *Profilbild*, 11, 13, 15 *Profilbild „Lara"*,
16, 18 *Profilbild „Lara"*, 19, 23, 27 oben, 28, 30, 33, 35 *Profilbild „Lara"*,
40, 41 Profilbild *„Sabine_Leipzig"*, 42.

www.cornelsen.de

Soweit in diesem Lehrwerk Personen fotografisch abgebildet sind und
ihnen von der Redaktion fiktive Namen, Berufe, Dialoge und Ähnliches
zugeordnet oder diese Personen in bestimmte Kontexte gesetzt
werden, dienen diese Zuordnungen und Darstellungen ausschließlich
der Veranschaulichung und dem besseren Verständnis des Inhalts.

1. Auflage, 4. Druck 2025

© 2018 Cornelsen Verlag GmbH, Mecklenburgische Str. 53, 14197 Berlin,
E-Mail: service@cornelsen.de

Druck: Cornelsen Verlagskontor, Bielefeld

ISBN 978-3-06-521295-3

PEFC-zertifiziert
Dieses Produkt
stammt aus
nachhaltig
bewirtschafteten
Wäldern und
kontrollierten Quellen
PEFC/04-31-3871 www.pefc.de

Inhalt

Personen

Lara:

15 Jahre alt, Schülerin. Sie wohnt mit ihren Eltern und ihrem großen Bruder Paul in Berlin. In ihrer Freizeit fährt sie gern Inlineskates oder schreibt an ihrem Blog.

Robby (Roberto):

15 Jahre alt, Schüler. Er wohnt mit seiner Mutter und seinen beiden Schwestern in München. Sein Hobby ist Schwimmen. Robby möchte Profi-Sportler werden. Deshalb will er auf eine Sportschule in Leipzig gehen.

Tante Sabine:

Die Schwester von Laras Mutter. Sie ist in Leipzig geboren und wohnt dort mit ihrem Mann. Sie arbeitet in einer großen Bibliothek und weiß sehr viel über ihre Stadt.

Onkel Thomas:

Laras Onkel, Sabines Mann. Er ist in Leipzig geboren, Musiker von Beruf und spielt in einem großen Orchester. Mit drei Freunden hat er eine Band. Manchmal treten sie zusammen auf.

Chiara:

Robbys Mutter. Sie ist Italienerin und Architektin von Beruf. Chiara ist geschieden und lebt mit ihren drei Kindern in München.

Das ist bis jetzt passiert

Lara lernt in einem Café in Berlin einen Jungen kennen, Anton. Die beiden tauschen ihre Handynummern aus, aber Lara schreibt die Nummer von Anton falsch auf.

Als sie ihm eine Nachricht schickt, antwortet Robby aus München. So lernen sich Lara und Robby kennen. Sie schreiben sich viele Nachrichten und werden Freunde. Getroffen haben sie sich aber noch nie, es ist nur ein Plan.

Robby muss an der Sportschule in Leipzig eine Prüfung bestehen, damit er dort Schüler werden darf. Seine Mutter findet es gar nicht gut, dass er so weit weg ziehen möchte. Aber am Ende sagt sie doch Ja und fährt zusammen mit ihm zur Prüfung.

Lara hat wie Robby Osterferien und kommt auch nach Leipzig. Sie besucht dort ihre Tante und ihren Onkel.

Nun können sich Lara und Robby endlich einmal treffen …

www.laras-blog.de

| **Startseite** | **über mich** | **Kontakt** |

Bloggerin seit: 1 Jahr und 5 Monaten

Blogarchiv
▼ dieses Jahr
　▶ Leipzig
　▶ Wandertag
　　der 10c
　▶ Skiurlaub
　　mit der
　　Familie
　▶ meine
　　Berlin-Tipps
▶ ältere

1

www.laras-blog.de/leipzig

13.04., 16:50 Uhr
Auf nach Leipzig!

Hallo ihr!
Heute schreibe ich aus dem Zug. Ich fahre nach Leipzig und besuche dort Tante Sabine und Onkel Thomas. Mit dem Zug fährt man eine gute Stunde[1] von Berlin nach Leipzig. In Leipzig besuche ich aber nicht nur Sabine und Thomas … Ich treffe mich auch mit Robby. Das ist der Junge aus München – wir chatten schon lange.

2 Kommentare:

 Lilli Wolkenfee, 13.04., 17:30 Uhr:
Toll! Leipzig ist echt schön. Ich wünsche dir viel Spaß! 😊

 Carla, 13.04., 18:07 Uhr:
Oh Lara, du triffst Robby endlich? Bitte erzähl uns alles!

13.04., 21:40 Uhr
Hallo Leipzig!

So, nun bin ich in Leipzig! 😊 Tante Sabine und Onkel Thomas haben mich vom Bahnhof abgeholt, und wir sind zu ihnen nach Hause gefahren.

---

1   eine gute Stunde: etwas mehr als eine Stunde

Der Bahnhof von Leipzig ist echt toll, den müsst ihr unbedingt mal sehen! Mein Onkel hat mir viel über den Bahnhof erzählt, er liebt Züge.

Ach wisst ihr, ich habe eine Idee: Ich schreibe die vielen interessanten Sachen, die Sabine und Thomas mir erzählen, einfach für euch auf!

Onkel Thomas erzählt: Der Leipziger Bahnhof
Den Bahnhof hat man im Jahr 1915 gebaut. Er ist fast 300 Meter breit und der größte Kopfbahnhof in Europa.

„Kopfbahnhof" bedeutet, dass die Züge nicht durch den Bahnhof fahren (also links rein und rechts raus), sondern an einer Seite reinfahren und dann an der gleichen Seite wieder raus. Bei den Zügen muss man also die Lokomotive[2] wechseln, damit sie wieder aus dem Bahnhof rausfahren können.

2   die Lokomotive: Sie zieht einen Zug und fährt vor dem ersten Wagen.

In unserem Hauptbahnhof gibt es auch viele Geschäfte und Restaurants. Das ist ein richtiges Einkaufszentrum!

Am Abend haben wir dann eine Leipziger Spezialität gegessen: Leipziger Allerlei.

Tante Sabine erzählt: Das Leipziger Allerlei
Leipziger Allerlei ist ein altes sächsisches[3] Gemüsegericht[4]. Bis heute ist es bei uns – neben dem Gebäck[5] Leipziger Lerche – ein ganz typisches Essen. Das Leipziger Allerlei besteht aus Erbsen, Spargel, Karotten, Kohlrabi und Blumenkohl. Man kann auch Pilze reintun. Zu einem echten Leipziger Allerlei gehören auch Flusskrebse. Diese Tiere leben nicht im Meer wie normale Krebse, sie leben in einem Fluss.
Aber die Flusskrebse muss man frisch kochen – sie leben dann noch! Viele Köche möchten nicht, dass die Tiere so

3 sächsisch: aus Sachsen
4 das Gericht: das Essen
5 Gebäck: Essen aus dem Ofen, also Kuchen, Brot usw.

schrecklich sterben. Und Krebse sind sehr teuer. Deshalb tun einige Köche in ihr Leipziger Allerlei heute keine Krebse mehr, sie nehmen ein Stückchen Wurst. Das Leipziger Allerlei war ein guter Trick: Leipzig war damals eine sehr reiche Stadt. Aber das sollte keiner merken. Die Leipziger wollten ja ihr Geld behalten und es nicht dem König oder Bettlern[6] geben! In einem alten Brief findet man diesen Tipp an den Leipziger Bürgermeister[7]: Die Leute sollen doch kein teures Fleisch mehr essen, nur noch billiges Gemüse. Und unter das Gemüse können sie ein paar teure Krebse tun. So zeigen sie den Bettlern und anderen Leuten, dass sie kein Geld haben – und die kommen dann nicht mehr nach Leipzig.

Wir haben keine Krebse in das Gemüse getan, wir haben ein Stück Fleisch dazu gegessen. So, Leute, nun gehe ich ins Bett. Morgen treffe ich ja Robby, da möchte ich fit sein! 😊

Kommentare:

 Carla, 13.04., 22:18 Uhr:
Kannst du das Rezept für Leipziger Allerlei posten? Das klingt lecker!

 Johannes, 13.04., 22:47 Uhr:
Viel Glück für morgen, Lara! 🙂

---

6   der Bettler: ein sehr armer Mensch. Er sagt zu den Leuten: „Bitte gebt mir Geld!"
7   der Bürgermeister: Politiker; der „Chef" einer Stadt

2

www.laras-blog.de/leipzig

14.04., 13:07 Uhr
Mein Onkel

Heute Morgen haben Tante Sabine, Onkel Thomas und ich sehr lange gefrühstückt, das war echt schön. Mein Onkel ist total lustig! Leider ist er oft nicht da, wenn wir Tante Sabine und ihn besuchen. Das liegt an seinem Beruf: Er ist Musiker und spielt im Orchester Pauke.

Auf dem Bild seht ihr meinen Onkel in „Arbeitsklei-dung". Er muss bei Konzerten und in der Oper immer diesen schwarzen Anzug tragen, auch bei großer Hitze. Meistens muss Onkel Thomas arbeiten, wenn andere Leute frei haben: am Abend, am Sonntag, an Feiertagen.

Dann spielt er in der Oper oder hat ein Konzert. Sabine und Thomas können deshalb fast nie zusammen ins Kino gehen, haben sie erzählt. Das ist schade.

Leipzig ist eine Musikstadt, sagt Onkel Thomas. Die berühmten Komponisten[8] Johann Sebastian Bach und Felix Mendelssohn Bartholdy haben hier gelebt und gearbeitet.

So, gleich fahre ich mit der Straßenbahn los und treffe Robby …

Drückt mir bitte die Daumen[9]! ☺

14.04., 21:45 Uhr
Das erste Treffen

Um 14 Uhr war Robby mit seiner Prüfung an der Sport-schule fertig. Also habe ich ihn und seine Mutter dort abgeholt. Ich war echt nervös: Erkennen[10] wir uns? Mögen wir uns? Wie ist wohl seine Mutter? Ich hatte so viele Fragen im Kopf!

In der Straßenbahn habe ich noch einmal alte Nachrich-ten von Robby gelesen. Um kurz nach zwei Uhr war ich dann an der Sportschule.

Ich habe Robby sofort erkannt! ☺

---

8   der Komponist: Er schreibt Musik. Berühmte Komponisten sind
     Mozart, Beethoven oder auch Bach.
9   jmdm. die Daumen drücken: jmdm. Glück wünschen
10 sich erkennen: „Hast du deine Haare abgeschnitten? Ich erkenne dich
     gar nicht mehr! Du siehst ganz anders aus."

Er hat mit seiner Mutter vor der Tür gewartet, hatte einen Rucksack auf, und seine Haare waren noch ein bisschen nass.

Robbys Mutter hat mich sehr nett begrüßt[11]. Sie hat gleich angeboten, dass ich „du" und „Chiara" zu ihr sagen darf. Ich habe die beiden natürlich sofort gefragt, wie die Prüfung war. Na, was glaubt ihr: Hat Robby die Prüfung bestanden??

Kommentare:

 Lilli Wolkenfee, 14.04., 22:05 Uhr:
Na klar! Das sehe ich doch an seinem Gesicht.

 Marlon, 14.04., 22:27 Uhr:
Bitte, Lara, mach es nicht so spannend! Erzähl!

 Carla, 14.04., 22:32 Uhr:
Also ich denke: JA!

---

11 jmdn. begrüßen: „Hallo" oder „Guten Tag" sagen

3

www.laras-blog.de/leipzig

14.04., 22:35 Uhr
Geschafft!

Ja, ihr habt recht. Robby hat erzählt, dass die Schule
ihm gleich ein Okay gegeben hat! Das ist echt cool, das
machen sie nicht oft. Eigentlich schicken sie nach zwei
Wochen einen Brief.
Robby hat die Prüfung ohne Probleme geschafft. Seine
Zeit beim Schwimmen war super, und auch der Test beim
Arzt war gut. Robby freut sich natürlich SEHR, und ich
freue mich auch! ☺
Ab September geht Robby also auf das Sportinternat, da
fängt das neue Schuljahr an. Die Leute von der Schule
haben ihm schon sein Zimmer gezeigt: Dort wohnt noch
ein anderer Junge, Martin, er ist auch Schwimmer.
Hoffentlich ist er nett. Martin war aber nicht da, weil er
einen Wettkampf[12] in London hat.
„Das ist also dein neues Zuhause[13] …", hat Chiara zu
Robby gesagt und auf die Schule gezeigt. Ich glaube,
sie war ein bisschen traurig. Und das ist ja auch klar!
Ab Herbst sieht sie ihn nur noch selten.

---

12 der Wettkampf: ein Wettbewerb im Sport
13 das Zuhause: Wohnung/Haus/Zimmer von einer Person

Dann sind wir drei losgegangen in ein gemütliches[14] Café. Das erzähle ich euch morgen, ich bin so müde!

Kommentare:

 Johannes, 14.04., 22:45 Uhr:
Wow, super! Glückwunsch!

 Orhan, 14.04., 22:50 Uhr:
Cool! Ich möchte auch auf eine Sportschule gehen (aber für Fußball). Kann Robby mir Tipps geben?

 Lara, 14.04., 23:00 Uhr:
Bestimmt! Ich frage ihn mal.

 Kati Pusteblume, 14.04., 23:44 Uhr:
Und??? Seid ihr jetzt zusammen[15]? 😊

 Lara, 15.04., 08:50 Uhr:
Ach Kati! Du bist wieder sooooo neugierig!

15.04., 09:15 Uhr
Ein schöner Tag

So, nun bin ich also endlich 16! 😊 Ich fühle mich aber noch gar nicht anders als mit 15.
Um zehn Uhr frühstücken wir. Vorher will ich euch noch etwas mehr von gestern erzählen. Robby, Chiara und ich sind nach der Prüfung in ein Café gegangen.

---

14 gemütlich: bequem, schön, angenehm
15 zusammen sein: Ein Junge und ein Mädchen sind „Freund und Freundin" (wie Mann und Frau).

Tante Sabine hat mir dieses Café empfohlen[16]. Es heißt „Café Marianne", und man kann dort die „Leipziger Lerche" essen. Eine Lerche ist eigentlich ein Vogel und kein Kuchen. Tante Sabine hat mir das erklärt.

Tante Sabine erzählt: Die Leipziger Lerche

Lerchen sind kleine Vögel. Sie können sehr schön singen! Und früher – so vor 200 Jahren – hat man sie auch gern gegessen. Die Menschen haben früher oft Vögel gekocht oder gebacken, am liebsten Lerchen. In vielen alten Kochbüchern gibt es Rezepte für Lerchengerichte. Man hat die kleinen Vögel mit Eiern gebacken und eine Schnur um sie gemacht. (Den Kopf hat man natürlich abgeschnitten.)

Die Leipziger haben viele Lerchen in fremde Länder geschickt, zum Beispiel nach Spanien, Russland oder Amerika. Sie haben damit sehr viel Geld verdient.

Aber im Jahr 1876 hat der König die Lerchenjagd[17] verboten. Tierfreunde haben lange für das Verbot gekämpft. „Was sollen wir jetzt machen?", haben sich die Köche gefragt. Schlaue Bäcker hatten dann eine gute Idee: Sie haben kleine Kuchen gebacken. Außen ist Teig[18] und innen Marzipan[19] und Marmelade. Auf dem Kuchen liegen Streifen aus hellerem Teig, wie eine Schnur.

---

16 empfehlen: „Wohin soll ich in den Ferien fahren?" – „Ich empfehle dir Spanien, das ist total schön." – „Oh ja, danke, gute Idee!"
17 die Jagd: Auf der Jagd tötet man Tiere.
18 der Teig: Aus Mehl, Butter und Zucker macht man Teig für Kuchen.
19 das Marzipan: eine Süßigkeit

Das Ganze sieht also aus wie ein Vogelkörper mit Schnur. Den Kuchen haben sie „Leipziger Lerche" genannt. Und immer noch lieben die Leipziger dieses Gebäck!

Wir haben also im „Café Marianne" Leipziger Lerchen gegessen, Tee getrunken und uns unterhalten[20], es war total nett. Chiara hat erzählt, dass sie schon in Italien in der Schule Deutsch gelernt hat – so wie Robby und ich Englisch und Französisch lernen. Chiara sagt, dass Deutsch ziemlich schwierig ist, sie mochte das Fach nicht so gern. Aber dann hat sie auf einer Klassenfahrt nach München Robbys Vater kennengelernt. 😊 Sie haben sich ganz viele Briefe geschrieben, und plötzlich hat sie richtig gern Deutsch gelernt. Sie war sogar die Beste in der Klasse! Chiara hat aus Spaß zu mir gesagt: „Schade, dass du nicht Französin bist." Robby hat nämlich eine 4 in Französisch. Also ich glaube, sie hat schon gemerkt, dass wir uns ganz gern mögen … Das war mir ein bisschen peinlich[21].

20 sich unterhalten: mit anderen Leuten sprechen; ein Gespräch führen
21 peinlich: Andere Leute lachen über mich, weil ich etwas Blödes gemacht habe. Ich denke dann: „Wie peinlich!"

Später hat Chiaras Handy geklingelt, es war ihr Chef.
Sie musste sofort nach München zurückfahren, und
wir haben sie noch zum Bahnhof gebracht. Vorher hat
Chiara in der Sportschule angerufen: Robby kann dort
übernachten, in seinem zukünftigen[22] Zimmer.
Ich bin mit ihm zur Sportschule gefahren, er war sehr
müde. Robby hat gesagt, dass er am nächsten Tag gern
die Stadt sehen möchte, und Sabine hat angeboten,
dass wir gemeinsam einen Spaziergang durch das
Stadtzentrum machen. Dann zeigt sie uns die Sehens-
würdigkeiten von Leipzig.

Kommentare:

 Tessa_Berlin, 15.04., 10:30 Uhr:
Herzlichen Glückwunsch zum Geburtstag, liebe Lara!! 😘

 Carla, 15.04., 10:56 Uhr:
Happy birthday! 😊 Hab einen schönen, sonnigen Tag!

 Lilli Wolkenfee, 15.04., 11:23 Uhr:
Die „Leipziger Lerche"schmeckt echt super!

 Mister Paul, 15.04., 21:18 Uhr:
Schwesterherz, alles, alles Liebe und Gute zum
16. Geburtstag! Mein Geschenk bekommst du zu
Hause. Grüß bitte auch Sabine und Thomas von mir!

    Lara, 15.04., 22:08 Uhr:
   Danke, Paul! Und klar, das mache ich.

▶ **13 weitere Kommentare**

22 zukünftig: in der Zukunft, z. B. in einem Jahr

4

www.laras-blog.de/leipzig

15.04., 22:30 Uhr
Spaziergang durch Leipzig, Teil 1:
Rathaus und Thomaskirche

Danke für eure vielen Posts, Anrufe und Nachrichten,
meine Lieben!! Ich habe mich sehr gefreut. 😊
Das Geburtstagsfrühstück war super! Tante Sabine hat
einen leckeren Kuchen für mich gebacken mit einer
Sechzehn aus roten Kerzen. Und sie hat mir ein lustiges
T-Shirt geschenkt, das gefällt mir total gut!
Die Überraschung war: Sabine hat auch Robby eingeladen! Woher hat sie seine Handynummer?? Von Mama
wahrscheinlich … Ich habe große Augen gemacht!
Es war nur schade, dass Onkel Thomas nicht mit uns
feiern konnte. Er musste zur Arbeit.

Schaut mal: Diese Blumen hat Robby mir geschenkt! 😘
Schön, oder?

Und für Tante Sabine hat er eine besondere Schokolade
aus München mitgebracht. „So ein netter Junge", hat
Sabine mir ins Ohr geflüstert[23].
Robby war heute Morgen schon eine ganze Stunde jog-
gen!! 😵 Die Sportschule ist nicht im Stadtzentrum, sie
ist ein bisschen weiter weg. Es gibt dort einen Park und
einen Fluss – echt schön, sagt Robby. Der Fluss heißt
Weiße Elster. Das ist lustig, weil eine Elster eigentlich ein
Vogel ist. Ich glaube, die Leipziger mögen Vögel …
Jetzt haben wir einen Plan: Wenn Robby auf die Sport-
schule geht und ich ihn besuche, dann nehme ich meine
Inlineskates mit. So können wir zusammen zur Weißen
Elster fahren – er joggt, und ich skate. 😊 „Ach Kin-
der!", hat Tante Sabine dazu gesagt, „macht doch eine
Bootsfahrt[24]! Das ist viel schöner." Sie mag Sport nicht
besonders gern, genau wie Mama, ihre Schwester.
Und dann sind wir zu dritt losgegangen zu unserem
Stadtspaziergang.

23 flüstern: sehr leise sprechen
24 Boot: ein kleines Schiff

Wow, Tante Sabine weiß SO VIEL über Leipzig! Und es ist echt eine schöne Stadt. Zuerst waren wir am Alten Rathaus:

Neben dem Rathaus ist ein Marktplatz. „Genau wie bei uns in München!", hat Robby gesagt.
Danach sind wir zur Thomaskirche gegangen:

Sie ist sehr berühmt. Das hat auch mit diesem dicken alten Mann zu tun ... :

Wer kennt ihn??

Kommentare:

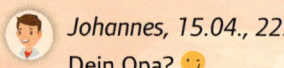 *Johannes, 15.04., 22:40 Uhr:*
Dein Opa? 😊

Orhan, 15.04., 23:04 Uhr:
Nein, nein, ein Fußballer! Er hat mal bei Real Madrid gespielt … 😊

Claudia F., 15.04., 23:25 Uhr:
Oh Mann, Jungs, ihr seid SO doof!! Das ist Johann Sebastian Bach, der berühmte Komponist!

Orhan, 15.04., 23:26 Uhr:
Ja, ja, Claudia: Wikipedia kann jeder …

Johannes, 15.04., 23:28 Uhr:
Wir wissen, wer Bach ist, Claudia! Orhan und ich singen im Schulchor, schon vergessen? Aber bei unserem Bach-Konzert warst du ja nicht da und bist lieber zur Shopping-Nacht gegangen.

Tessa_Berlin, 15.04., 23:33 Uhr:
Schluss jetzt! Streitet euch bitte nicht an Laras Geburtstag.

5

www.laras-blog.de/leipzig

16.04., 08:30 Uhr
Spaziergang durch Leipzig, Teil 2:
Ring, Gewandhaus und Oper

Später bin ich mit Robby verabredet. Deshalb will ich euch vorher noch ein bisschen mehr von unserem Spaziergang durch Leipzig erzählen.
Der Mann vor der Thomaskirche heißt also Johann Sebastian Bach und war Komponist. Gestern Abend hat mein Onkel uns etwas über ihn erzählt.

Onkel Thomas erzählt: Johann Sebastian Bach
Bach ist 1685 geboren, und sein Leben war traurig: Schon mit neun Jahren hatte er keine Eltern mehr. Auch seine erste Frau ist früh gestorben. Bach hat dann noch einmal geheiratet. Er hatte 20 Kinder!
Was hat Johann Sebastian Bach mit der Leipziger Thomaskirche zu tun? Ihr könnt es euch denken: Er hat in der Thomaskirche gearbeitet. Er war dort so etwas wie der Chefmusiker. Bach musste Orgel[25] spielen, aber auch selbst Musik schreiben, also komponieren.
Die Thomaskirche hat einen sehr berühmten Chor, den Thomanerchor. Dort singen nur Jungen, keine Mädchen.

25 Orgel: ein großes Klavier in der Kirche

Bach war auch Chef von diesem Chor. Den Chor gibt
es heute noch. Die Sänger leben in einem Internat, der
Thomasschule, genau wie Robby bald in der Sportschule.
Mein Vater hat auch im Thomanerchor gesungen – jetzt
wisst ihr, warum ich „Thomas" heiße. Und hört euch mal
ein Lied von der Band „Die Prinzen" an! Sie waren auch
Thomaner und können richtig gut singen.

Kommentare:

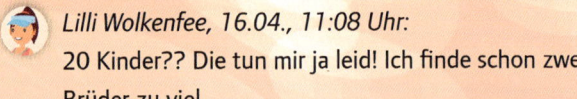

Lilli Wolkenfee, 16.04., 11:08 Uhr:
20 Kinder?? Die tun mir ja leid! Ich finde schon zwei
Brüder zu viel.

Johannes, 16.04., 17:37 Uhr:
Der arme Bach, so ein trauriges Leben! Und trotzdem
hat er so schöne Musik komponiert …

Marie, 16.04., 20:23 Uhr:
Die Geschichte von Thomas' Namen ist schön!

Nach der Thomaskirche sind wir dann zum „Ring"
gelaufen. Das Zentrum von Leipzig liegt in einem Ring,
also die große Straße um das Stadtzentrum ist ein Kreis.
Solche Ringstraßen gibt es in vielen Städten, sagt Tante
Sabine, zum Beispiel auch in Wien und Budapest.
Wir haben in einem Park eine kleine Pause gemacht.
Da war es echt cool: Ein Mann hat Gitarre gespielt,
und einige Leute haben getanzt. „Möchtest du mit mir
tanzen?", hat Robby gefragt. Ai!! Natürlich wollte ich …
Aber ich habe Nein gesagt.
Dann sind wir zu Onkel Thomas' Arbeitsplatz gegangen:

Gewandhaus und Oper. Das Gewandhaus ist ein Haus
für Konzerte. Und das ist die Oper:

Sie sieht alt aus, aber man hat sie erst nach dem Krieg²⁶
gebaut. Vor dem Gebäude ist ein Brunnen. Vielleicht
können die Musiker da mit ihren Füßen ins Wasser,
wenn es so heiß ist in dem schwarzen Anzug? 😊

Kommentare:

Claudia F., 16.04., 10:53 Uhr:
Warum hast du nicht mit Robby getanzt? Das ist doch
romantisch!

Kati Pusteblume, 16.04., 11:14 Uhr:
Was ist jetzt mit dir und Robby??? Hat er dich schon
geküsst?? 😘

Marlon, 16.04., 12:35 Uhr:
Och nee, Kati!! Das ist ein Blog und kein Liebesroman!
Geh mal wieder ins Kino oder such dir einen Freund.

26 gemeint ist der Zweite Weltkrieg (1939–1945)

6

www.laras-blog.de/leipzig

16.04., 09:02 Uhr
**Spaziergang durch Leipzig, Teil 3:
Nikolaikirche und Montagsdemos[27]**

Nach der Oper haben wir uns die Nikolaikirche angesehen. Sie ist die älteste und größte Kirche in Leipzig.

Innen sieht sie auch sehr schön aus. Leider habe ich kein Foto gemacht.
Die Nikolaikirche ist sehr wichtig für die deutsche Geschichte, hat uns Tante Sabine erklärt.

---

27 die Demo = die Demonstration (Verb: demonstrieren). Menschen gehen mit Schildern auf die Straße und sagen laut ihre Meinung, z. B. gegen Krieg, gegen das Töten von Tieren usw.

Tante Sabine erzählt: Das geteilte Deutschland

Bis zum 3. Oktober 1990 war Deutschland geteilt: in die BRD im Westen und die DDR im Osten. Dazwischen war eine Grenze. Man konnte nur mit Problemen vom Westen in den Osten fahren und eigentlich gar nicht vom Osten in den Westen. Auch Berlin war geteilt in Ost-Berlin und West-Berlin und hatte sogar eine Mauer zwischen den beiden Teilen. Die war ungefähr vier Meter hoch, von Soldaten und Hunden bewacht[28]. Deutschland war also wie ein Apfel in zwei Teile geschnitten[29]. Jetzt ist es wieder ein normaler Apfel, und das haben die Menschen in der DDR geschafft, ganz friedlich ☮. Deshalb nennt man diese Zeit auch „Friedliche Revolution". Angefangen hat es in Leipzig, in der Nikolaikirche.

Mein Vater kommt aus West-Berlin, meine Mutter aus Ost-Berlin (eigentlich kommt sie aus Leipzig, aber sie ist schon mit 14 nach Berlin gegangen), deshalb sprechen meine Eltern oft über diese Zeit. In Robbys Familie ist das nicht so wichtig, und die „Wende"[30] ist ja auch schon lange her. Deshalb hat er Tante Sabine ganz viel gefragt. „Geschichtsunterricht ist nie so spannend wie unser Spaziergang mit Sabine!", hat er gesagt. Das hat

28 bewachen: auf etwas aufpassen
29 schneiden: Mit einer Schere schneidet man Papier.
30 Wende: Heute nennt man die Zeit um den 9. November 1989 „die Wende". Wende bedeutet, dass etwas anders wird.

sie natürlich gefreut, und sie hat Robby für den Abend zu uns nach Hause eingeladen.

Nach dem Abendessen haben wir uns auf das Sofa gesetzt, und Tante Sabine hat ein altes Fotoalbum[31] aus dem Regal geholt. Dann hat sie noch mehr erzählt.

Tante Sabine erzählt: Friedensgebete

In der Nikolaikirche haben die Menschen seit 1982 jeden Montag für Frieden gebetet[32]. In den nächsten Jahren sind immer mehr Menschen gekommen, und 1989 haben sie nicht nur in der Kirche gebetet, sie sind auch vor die Kirche gegangen und haben dort demonstriert.

Seit September 1989 sind die Demonstranten[33] jeden

---

31 das Fotoalbum: ein Buch mit weißen Seiten. Man klebt Fotos rein.
32 beten / das Gebet: mit Gott „sprechen", Gott um etwas bitten
33 der Demonstrant: ein Mensch demonstriert / geht zu einer Demo

Montag mit Plakaten[34] über den Ring der Leipziger Innenstadt gelaufen. Im Oktober waren es fast 320.000 Menschen! Das waren mehr als 50% der Leipziger. Sie haben gegen die politische Situation in der DDR protestiert. Zum Beispiel wollten sie in Länder wie Frankreich oder Amerika reisen dürfen – oder zu ihrer Familie in Westdeutschland. Das war alles nicht erlaubt.

Tante Sabine hat uns Fotos von diesen Demonstrationen in ihrem Album gezeigt. Auf einer Seite hatte sie Texte und Fotos aus Zeitungen von den Montagsdemonstrationen im Herbst 1989 eingeklebt. Man konnte Plakate sehen: „Wir sind das Volk"[35] und „Keine Gewalt!" stand darauf. Auf einem anderen Foto konnten wir diese riesige Menschenmenge sehen:

34 das Plakat: eine Art Poster/Schild (wie auf dem Bild)
35 Volk: Alle Menschen in einem Land sind zusammen das Volk. Das „deutsche Volk" sind also die Menschen aus Ost und West gemeinsam.

Tante Sabine war jeden Montag bei den Demonstrationen dabei, und sie ist heute noch stolz[36] darauf.
Natürlich! Das war ja sehr, sehr mutig[37]. Das sagt meine
Mutter auch immer: „Meine Schwester hat ein bisschen
bei der Wende geholfen und so die deutsche Geschichte
verändert." ☺

Tante Sabine erzählt: Der 9. November 1989
Der wichtigste Tag war dann der 9. November 1989.
Die Politiker in der DDR haben den Leuten erlaubt,
über die Grenze in den Westen zu fahren. Viele Tausend
Menschen haben das in den nächsten Stunden getan.
Um Mitternacht waren alle Grenzen offen. Die Mauer ist
„gefallen", so sagt man.
Auch im Westen haben die Menschen diese Neuigkeit im
Radio gehört und sind zur Grenze gefahren. Natürlich
war das besonders für die Berliner toll. Gleich am
nächsten Tag sind Thomas und ich nach Berlin gefahren
und haben meine Schwester getroffen. Die Stimmung
war fantastisch! Die Menschen haben gelacht, geweint
und gefeiert. Es war wie ein großes Fest.

---

36 stolz: „Unser Team hat den Basketball-Wettkampf gewonnen!" –
„Wow, da könnt ihr echt stolz sein!"
37 mutig sein: das Gegenteil von „Angst haben"

Kommentare:

Johannes, 16.04., 16:44 Uhr:

Schade, dass wir das nicht erlebt[38] haben!!

Marie, 16.04., 21:50 Uhr:

Oh ja, das stimmt. Ich kenne das alles nur aus Fernseh-
filmen. Meine Familie kommt aus Heidelberg, das ist
sehr weit weg.

Marlon, 17.04., 11:34 Uhr:

Die Wende ist echt sehr interessant. Meine Eltern sprechen leider nicht gern über die Zeit. Mein Opa hatte
viele Probleme in der DDR.

38 etwas erleben: an etwas teilnehmen

7

www.laras-blog.de/leipzig

16.04., 10:16 Uhr
Eine Reise in die DDR

Onkel Thomas ist erst am Abend von der Arbeit nach
Hause gekommen. „So, so, ihr sprecht über früher?", hat
er gefragt und gelacht. „Also ich trinke jetzt erst mal was.
Nach vier Stunden Oper habe ich Durst!" Und dann hat er
sich zu uns gesetzt. „Zeig Robby doch mal unseren Trabant!", hat er zu Tante Sabine gesagt. Sie hat im Album
geblättert und uns dieses Foto gezeigt:

Unser Trabi

„Was ist das denn für ein komisches Auto? Das hat ja
ganz kleine Räder!" Robby hat große Augen gemacht.
In Berlin kann man solche Autos schon noch sehen.
Aber in München wahrscheinlich nicht. Robby war total

begeistert von diesem Auto, er hat Sabine und Thomas hundert Fragen gestellt. Thomas hat gern etwas über „sein" Auto erzählt. Männer! 😊

Onkel Thomas erzählt: Unser erstes Auto

In der DDR konnte man nicht einfach in ein Autogeschäft gehen und ein Auto kaufen. Man musste Papiere ausfüllen und dann warten. Zehn oder manchmal auch fünfzehn Jahre.

Wir wollten aber nicht so lange auf ein Auto warten. Ich habe das Auto auch für meine Pauke gebraucht. Man kann mit diesem großen Instrument ja nicht in der Straßenbahn fahren! Wir haben also einen gebrauchten[39] Trabant Kombi von einem Freund gekauft. „Trabant" ist der richtige Name, aber alle haben „Trabi" gesagt.

Den ersten Trabant hat man im Jahre 1957 gebaut. Er hatte einen Zweitaktmotor, das bedeutet, dass der Motor mit Benzin und Öl arbeitet. Diese Mischung hat schrecklich gestunken[40]! Das Auto selbst – die Türen, das Dach usw. – war aus Plastik[41].

Wie schnell der Trabi gefahren ist? Na ja, so bis zu hundert Kilometern in der Stunde – ein Porsche war das nicht. Innen war es nicht so gemütlich, und es war laut. Man musste das Radio voll aufdrehen[42], sonst hat man gar nichts gehört.

39 gebraucht: alt. Eine andere Person hat das schon benutzt.
40 stinken: schlecht riechen
41 Plastik: Flaschen sind aus Glas oder aus Plastik.
42 voll aufdrehen: ganz laut machen

Aber wir waren froh, dass wir ein Auto hatten. Und wir haben unseren Trabi geliebt.

Tante Sabine ist dann eingefallen, dass sie den Nachtisch[43] vergessen hat. Es war ein leckerer Obstsalat. Onkel Thomas, Robby und ich haben gleich angefangen zu essen. Aber Tante Sabine hat erst mal alle Bananenstücke aus ihrem Salat genommen und auf einen Teller gelegt. Sie mag Bananen nämlich nicht mehr, und das hat auch mit der DDR zu tun: In der DDR konnte man fast nie Bananen kaufen. Ganz selten hat es doch mal welche gegeben, aber dann musste man lange vor dem Geschäft warten. So viele Menschen wollten die Bananen haben. Nach der Wende konnte man dann immer und überall Bananen kaufen. Sabine hat SO viele gegessen, fast jeden Tag! Das war zu viel, und jetzt mag sie keine Bananen mehr.

Es war wirklich ein lustiger Abend, und Robby und ich haben viel gelernt. Onkel Thomas hat Robby dann zurück zur Sportschule gefahren. Vorher hat Robby mir aber noch eine kleine Schachtel[44] gegeben. „Mein Geburtstagsgeschenk für dich", hat er gesagt.

„Was kann das sein?", habe ich mich gefragt. Er hat mir doch schon so schöne Blumen geschenkt!

---

43 der Nachtisch: Nach dem Essen gibt es manchmal einen Nachtisch, z. B. Obst oder Eis.

44 Schachtel: eine kleine Box

Kommentare:

 Tessa_Berlin, 16.04., 21:42 Uhr:
Mein Opa hat noch seinen Trabi. 😊 Robby und du
könnt sicher mal bei ihm mitfahren.

 Lara, 16.04., 23:28 Uhr:
Oh ja, sehr gern!!

 Kati Pusteblume, 16.04., 22:05 Uhr:
Und, was war in der Schachtel???

8

www.laras-blog.de/leipzig

17.04., 09:47 Uhr
Robbys Geburtstagsgeschenk

Abends habe ich im Bett Robbys Schachtel aufgemacht.
Ich war so neugierig! Zuerst habe ich ein Papier gesehen.
Es war eine Einladung zu seiner Geburtstagsparty! 😊
Er hat am 1. Mai Geburtstag, also an einem Montag (ich
habe gleich gerechnet). Und der 1. Mai ist ja ein Feier-
tag. Wenn ich also am Samstag ganz früh nach München
fahre …? Oh Gott, mein Vater sagt bestimmt Nein!

Für Lara, meinen wichtigsten Gast! Robby

Party!!

Liebe Freunde,
ich werde 16!

Es ist 1. Mai und frei, so können wir reinfeiern[45]. 😊
Ich freue mich auf euch!
Wann? Am 30.04. ab 19 Uhr
Wo? Bei uns in der Amalienstr. 37 in München

*Lara, ich hoffe, dass wir uns zur Feier sehen!
Wir haben ein Zimmer für Gäste.
Ciao, Chiara*

45 reinfeiern: Man macht eine Party am Tag vor dem Geburtstag und
feiert bis zum nächsten Tag, z.B. bis 0:30 Uhr.

Hoffentlich darf ich nach München fahren …
Die Karte habe ich unter mein Kopfkissen gelegt und
dann ein kleines Geschenk aus der Schachtel geholt und
ausgepackt.
Wow!!! So süß! Robby hat mir ein superschönes Arm-
band geschenkt! Mit einem Herz.

Das trage ich jetzt immer! In der Nacht konnte ich kaum
schlafen. 😍

Kommentare:

 Marie, 17.04., 10:44 Uhr:
Oh Lara, das klingt so gut! Ich freue mich für dich.

 Marlon, 17.04., 17:06 Uhr:
Jetzt wird das doch noch ein Liebesroman … Oh Mann!
Warum denken Mädchen immer nur an Liebe und an
Kleidung?

 Mister Paul, 17.04., 19:22 Uhr:
Ich spreche wegen München mal mit Papa, okay?

9

www.laras-blog.de/leipzig

18.04., 21:15 Uhr
Nass, aber glücklich

Gestern bin ich wieder in Berlin angekommen. Und
schon jetzt fehlt mir Robby! 😔
Heute habe ich erst mal ganz lange geschlafen, weil das
Wochenende echt aufregend war. Aber der Reihe nach …

Am Sonntag hat Robby mich nach dem Frühstück abgeholt, und wir sind allein in die Stadt gegangen.
Bei meinem letzten Besuch in Leipzig war ich in einem
schönen Café im Stadtteil Connewitz. Das wollte ich
Robby zeigen. Man kann dort auf Kissen auf dem Boden
sitzen und Tee trinken. Sehr cool! Ihm hat es auch gefallen.
Robby hat mir seinen neuen Schlüsselanhänger[46]
gezeigt: ein Trabi-Schlüsselanhänger! Onkel Thomas hat
ihm seinen eigenen am Samstag geschenkt. Der soll
Robby Glück bringen für sein neues Leben in Leipzig.
Die beiden verstehen sich richtig gut, glaube ich. Sie
haben im Auto lange geredet.

---

46 der Schlüsselanhänger: ein Ring, daran hängen die Schlüssel von
Wohnung, Briefkasten, Fahrrad usw.

Robby hat auch erzählt, dass Thomas uns zu seinem nächsten Konzert eingeladen hat. Nein, kein Konzert mit Musik von toten Männern, und Thomas spielt da auch nicht im schwarzen Anzug. Er spielt seine eigene Musik! Mein Onkel hat nämlich mit drei Freunden eine Band. Sie heißen „Die blauen Elstern". Ihre Musik gefällt mir.

Wir haben lange überlegt: Schauen wir noch das Völkerschlachtdenkmal an? Es ist nämlich sehr berühmt, aber besonders schön finde ich es nicht. 😊
Man hat das Völkerschlachtdenkmal zur Erinnerung an einen Krieg gebaut, und vor ungefähr 100 Jahren war es fertig. Es ist riesig! Davor ist ein See.

Wir sind also mit der Straßenbahn zum Völkerschlachtdenkmal gefahren. Am See ist Robby plötzlich losgerannt und hat gerufen: „Fang[47] mich!" Aber er rennt total schnell, ich konnte ihn auf keinen Fall fangen! Da ist etwas ganz Blödes passiert: Ich bin gestolpert[48] und hingefallen! 😨 Mein rechter Arm und Fuß waren im Wasser.
Oh nein!! Mein Schuh und die Jacke waren nass. Robby ist zurückgekommen und hat gefragt: „Schwimmst du auch so gern?" Es war SO peinlich.

---

47 fangen: Fische fängt man in einem Netz. Fangen ist aber auch ein beliebtes Spiel bei Kindern.
48 stolpern: beim Laufen über etwas fallen, z. B. über einen Stein

Dann war Robby aber total süß. Er hat mir aus dem Wasser geholfen und mir seine Jacke gegeben. Ich konnte also die nassen Sachen ausziehen und seine warme Jacke anziehen. Mit seinem Handtuch (er hatte eine Badehose und ein Handtuch im Rucksack, weil er abends noch schwimmen wollte) hat er meine Haare getrocknet. Die nasse Kleidung haben wir in die Sonne aufs Gras gelegt. Und dann …

Dann sind wir zum Denkmal gegangen, und Robby hat mich in die Arme genommen. Und da haben wir uns geküsst.

Es war sooooo schön!

Ja, und jetzt sind wir zusammen. 😍

Gleich möchten wir telefonieren, deshalb mache ich nun den Laptop zu.

41

Kommentare:

Kati Pusteblume, 18.04., 21:54 Uhr:

Wie romantisch! Ich will auch einen Freund haben.

Johannes, 18.04., 22:28 Uhr:

Na endlich! Ich wusste doch, dass ihr bald zusammen seid. ☺

Orhan, 19.04., 11:34 Uhr:

Glückwunsch! Coole Sache mit dem See. ☺

Sabine_Leipzig, 19.04., 19:42 Uhr:

Ach Lara, so ein süßer Freund, ich freue mich für euch! Und ihr seid immer herzlich bei uns willkommen. Liebe Grüße, auch von Thomas.

Übungen

Personen

1 Was weißt du über Lara und Robby? Schreib mindestens vier Informationen zu jeder Person.

Sie schreibt einen Blog.

Seine Mutter ist Italienerin.

_____   _____

_____   _____

_____   _____

Das ist bis jetzt passiert.

2 Richtig oder falsch? Kreuz an.   r   f

a) Lara hat Robbys Nummer falsch auf-
   geschrieben.   ☐   ☐

b) Lara und Robby haben sich bis jetzt
   noch nie getroffen.   ☐   ☐

c) Robby möchte in München eine Sport-
   schule besuchen.   ☐   ☐

d) Lara hat Verwandte in Leipzig.   ☐   ☐

e) Robby und Lara können sich jetzt end-
   lich treffen.   ☐   ☐

Kapitel 1

3 **Der Leipziger Bahnhof. Beschrifte das Foto.**

> die Lokomotive/n (kurz: die Lok/s) · der Zug/"e ·
> das Geschäft/e · der (Kopf)Bahnhof/"e

a) _____   b) _____

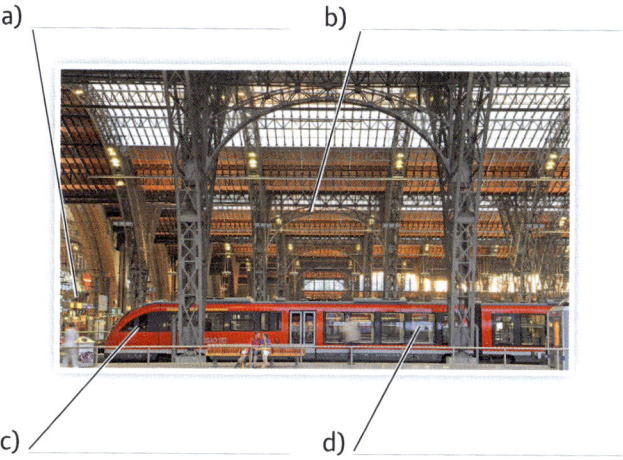

c) _____   d) _____

Kapitel 2

4 **Schreib Antworten zu den Fragen.**
   a) Was ist Onkel Thomas von Beruf?

   _____

   b) Welches Instrument spielt er?

   _____

c) Wann muss er meistens arbeiten, und welches Problem gibt es deshalb?

_____

_____

d) Welche Kleidung muss Thomas bei der Arbeit tragen?

_____

e) Zwei berühmte Komponisten haben in Leipzig gelebt. Wie heißen sie?

_____

5 **Welche Informationen sind richtig / falsch / nicht im Text? Kreuz an.**

	r	f	n.i.T.
a) Robbys Mutter hat bei der Prüfung zugeschaut.	☐	☐	☐
b) Lara hat sich in der Straßenbahn noch mal Fotos von Robby angeschaut.	☐	☐	☐
c) Robbys Mutter war sehr freundlich zu Lara.	☐	☐	☐
d) Lara darf zu Robbys Mutter „du" sagen, weil sie auch noch sehr jung ist.	☐	☐	☐

Kapitel 3

6 **Welche Sätze sind richtig? Kreuz an und korrigier die falschen wie im Beispiel.** r f

a) Robby hat die Prüfung bestanden. ☐ ☐

zwei Wochen
b) Die Schule schickt eigentlich nach ~~einer Woche~~ einen Brief. ☐ ☐

c) Im September beginnt im Sportinternat das neue Schuljahr. ☐ ☐

d) Martin wohnt in London. ☐ ☐

e) Lara ist 15 Jahre alt geworden. ☐ ☐

f) Chiara hat schon in Italien Deutsch gelernt. ☐ ☐

g) Robbys Vater ist auch Italiener. ☐ ☐

h) Robby hat in Französisch eine schlechte Note. ☐ ☐

i) Chiara muss nach Berlin zurückfahren. ☐ ☐

7   Was passt? Ordne die Sätze den Bildern zu.

a) „Die Lerchenjagd ist jetzt verboten!"

b) Eine Lerche ist ein Vogel.

c) „Wir backen kleine Kuchen."

d) Die Menschen haben früher oft Vögel gebacken oder gekocht.

e) Die Leipziger Lerche ist ein Gebäck.

f) Die Leipziger haben die Lerchen in andere Länder geschickt.

1)

2)

3)

4)

5)

6)

Kapitel 4

8   Vor dem Stadtspaziergang. Finde in dem Chaos richtige Sätze zum Blog.

a) UHNTANTEJSSABINEOISHATEDZEINENKZSKU-CHENHSTEGEBACKENJAT.

b) JEBSROBBYJTGSHWARDJSHAUCHDPDJSGDAJDUJ.

c) KDHONKELHSHSTHOMASDZHDGMUSSTEJSGEAR-BEITENKUJST.

d) KHDLARAHAGDHATKDVONODZHSROBBYKSZH-
   BLUMENKBEKOMMENKSG.
e) SSROBBYLODJWARLDSAMDIDMORGENISUJDEI-
   NESZSTUNDECUJDJOGGENK.
f) LARALDJMÖCHTELDAMDHDFLUSSKDJDINLINE-
   SKATESSIKSJFAHREN.
g) SHTANTESKSSABINESHSMAGSLSZSPORTJS-
   HNICHTKS.

9 A Stadtspaziergang Teil 1. Korrigier die Namen.

a) Johann Sebastian Kirche   b) das Alte Ratbach
c) die Thomashaus

9 B Schreib die korrekten Namen aus 9 A zu den Bildern.

_____   _____   _____

_____   _____   _____

Kapitel 5

10 Johann Sebastian Bach. Vervollständige die Sätze. Der Text hilft.

a) _____ war das Geburtsjahr von Bach.

b) Seine Eltern und seine erste _____

sind früh _____ .

c) Er hatte 20 _____ .

d) Er musste in der Kirche _____

spielen und _____ .

e) Heute singt in der Kirche immer noch der

berühmte _____ .

f) Hier singen keine _____ .

g) Die Thomasschule ist ein _____ ,

denn die Sänger wohnen hier.

h) Der Vater von _____ _____

hat auch im Thomanerchor gesungen.

11 A Was kann man hier machen? Schreib Aktivitäten aus dem Blog und deine eigenen Ideen.

_____

_____

_____

_____

11 B **Was würdest du einem Gast in deinem Heimat-ort oder Lieblingsort zeigen? Was kann man da machen?**

Kapitel 6

12 **Das geteilte Deutschland. Verbinde die Satzteile.**

a) Von 1949 bis 1990 war	Bundesrepublik Deutschland.
b) DDR bedeutet	in zwei Teile geteilt.
c) BRD bedeutet	zwischen Ost-Berlin und West-Berlin.
d) Auch Berlin war	Deutschland in zwei Staaten geteilt.
e) Eine Mauer war	Deutsche Demokratische Republik.
f) Von West nach Ost zu reisen	war fast unmöglich für die Menschen.
g) Von Ost nach West zu reisen	war sehr schwierig für die Menschen.

13 **Die Friedensgebete. Richtig oder falsch?**
Kreuz an. r   f

   a) In der Nikolaikirche haben die Menschen
       seit 1989 für Frieden gebetet. ☐ ☐

   b) Seit September 1989 haben die Menschen
       vor der Nikolaikirche demonstriert. ☐ ☐

   c) Mehr als die Hälfte der Leipziger war im
       Oktober 1989 auf den Demonstrationen. ☐ ☐

   d) Die Menschen waren friedlich. ☐ ☐

   e) Die Menschen in der DDR durften nur
       nach Amerika reisen. ☐ ☐

14 **Was sagt Lara? Ergänz die Sätze. Der Text hilft.**

   a) Die _____ ist die

       älteste und größte Kirche in Leipzig.

   b) Der Vater von Lara kommt aus _____-Berlin,

       und ihre Mutter ist in _____ geboren.

   c) Auf den Plakaten der Demonstrationen konnte man

       „Wir sind _____ _____" und

       „Keine _____" lesen.

   d) Laras Tante ist stolz, weil sie geholfen hat, die

       deutsche _____ zu verändern.

Kapitel 7

15 **Unser erstes Auto. Was erzählt Onkel Thomas?**
Streich die falschen Aussagen durch.

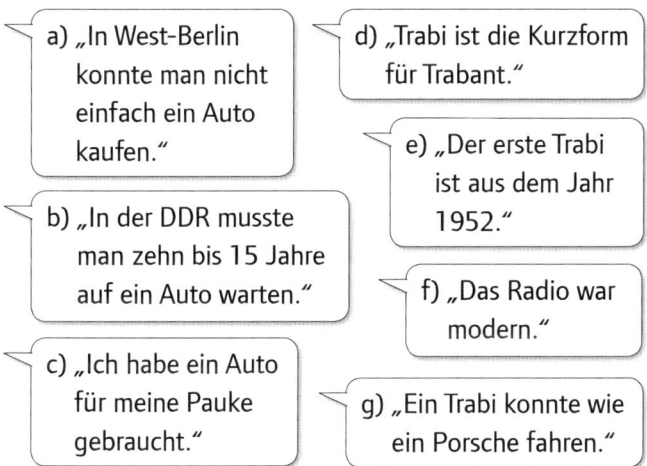

a) „In West-Berlin konnte man nicht einfach ein Auto kaufen."

d) „Trabi ist die Kurzform für Trabant."

e) „Der erste Trabi ist aus dem Jahr 1952."

b) „In der DDR musste man zehn bis 15 Jahre auf ein Auto warten."

f) „Das Radio war modern."

c) „Ich habe ein Auto für meine Pauke gebraucht."

g) „Ein Trabi konnte wie ein Porsche fahren."

16 **Warum mag Tante Sabine keine Bananen mehr?**
Schreib Sätze als Antwort. Die Wörter im Kasten
helfen. Wo muss das Verb stehen?

> In der DDR · fast nie kaufen Bananen können / vor
> dem Geschäft · müssen lange warten / wollen viele
> Menschen · Bananen kaufen / überall nach der
> Wende · Bananen kaufen können / essen fast jeden
> Tag · Sabine Bananen

In der DDR konnte man fast nie Bananen kaufen.

---

17 **Was denkst du? Was hat Robby Lara noch geschenkt? Schreib deine Idee auf.**

Kapitel 8

18 **Robbys Geburtstag. Was ist wann? Schreib die Termine in Laras Kalender.**

Robbys Party um 19 Uhr · Robbys Geburtstag ·
Fahrt nach München ☺

Samstag	Sonntag	Montag

Kapitel 9

19 **Laras Bruder Paul erzählt einem Freund von Laras letztem Blogeintrag. Vervollständige seine Sätze.**

a) Am Sonntag hat Lara zuerst gefrühstückt und dann

_____

b) In dem Café _____

c) Von Onkel Thomas hat Robby _____

_____

d) Onkel Thomas spielt auch in einer Band und

_____

e) Das Völkerschlachtdenkmal erinnert an einen Krieg, und es war _____

f) Am See wollte Robby, dass Lara _____

g) Aber Lara _____

h) Robby hat Lara aus _____

j) Am Denkmal hat Robby _____

20 **Robbys Freund Jonas fragt ihn per Messenger, wie sein Wochenende mit Lara in Leipzig war. Schreib eine kurze Antwort an Jonas aus Robbys Perspektive.**

Hi Jonas,

das Wochenende war echt toll! Also erst mal die

Aufnahmeprüfung: Ich

_____

_____

_____

Lösungen

Personen

Ü1 Lara: Sie ist Schülerin. Sie wohnt in Berlin. Ihr großer Bruder heißt Paul. Sie fährt gern Inlineskates. Sie schreibt einen Blog.
Robby: Er ist Schüler. Er hat zwei Schwestern. Er möchte Profi-Sportler werden. Er möchte eine Sportschule in Leipzig besuchen.

Das ist bis jetzt passiert

Ü2 richtig: b), d), e)
falsch: a), c)

Kapitel 1

Ü3 a) das Geschäft,
b) der (Kopf)Bahnhof,
c) die Lokomotive,
d) der Zug

Kapitel 2

Ü4 a) Er ist Musiker.
b) Er spielt Pauke.
c) Er muss abends und am Wochenende arbeiten. Deshalb können er und Sabine nur selten ins Kino gehen.
d) Er muss einen Anzug tragen.
e) 1: J. S. Bach
2: F. Mendelssohn Bartholdy.

Ü5 a) nicht im Text, b) falsch,
c) richtig, d) nicht im Text

Kapitel 3

Ü6 richtig: a), c), f), h)
falsch: b), d) wohnt → ist im Moment, e) 15 → 16, g) auch Italiener → Deutscher, i) Berlin → München

Ü7 a) 4), b) 2), c) 5)
d) 3), e) 6), f) 1)

Kapitel 4

Ü8 a) Tante Sabine hat einen Kuchen gebacken.
b) Robby war auch da.
c) Onkel Thomas musste arbeiten.
d) Lara hat von Robby Blumen bekommen.
e) Robby war am Morgen eine Stunde joggen.
f) Lara möchte am Fluss Inlineskates fahren.
g) Tante Sabine mag Sport nicht.

Ü9 A a) Johann Sebastian Bach
b) das Alte Rathaus
c) die Thomaskirche

Ü9 B a) Johann Sebastian Bach
b) das Alte Rathaus
c) die Thomaskirche

Kapitel 5

Ü10 a) 1685

  b) Frau, gestorben

  c) Kinder

  d) Orgel, komponieren

  e) Thomanerchor

  f) Mädchen

  g) Internat

  h) Onkel Thomas

Ü11 A Park: tanzen, Gitarre spielen, *deine Antworten*

  Oper: *deine Antworten* z. B.: ein Konzert besuchen

Ü11 B *deine Antwort*

Kapitel 6

Ü 12 a) Von 1949 bis 1990 war Deutschland in zwei Staaten geteilt.

  b) DDR bedeutet Deutsche Demokratische Republik.

  c) BRD bedeutet Bundesrepublik Deutschland.

  d) Auch Berlin war in zwei Teile geteilt.

  e) Eine Mauer war zwischen Ost-Berlin und West-Berlin.

  f) Von West nach Ost zu reisen war sehr schwierig für die Menschen.

  g) Von Ost nach West zu reisen war fast unmöglich für die Menschen.

Ü13 richtig: c), d)

  falsch: a), b), e)

Ü14 a) Nikolaikirche, b) West, Leipzig, c) das Volk, Gewalt

  d) Geschichte

Kapitel 7

Ü15 falsch: a), f), g)

Ü16 In der DDR konnte man fast nie Bananen kaufen. Vor dem Geschäft musste man lange warten. Viele Menschen wollten Bananen kaufen. Nach der Wende konnte man überall Bananen kaufen. Sabine hat fast jeden Tag Bananen gegessen.

Ü17 *deine Antwort*

Kapitel 8

Ü18 Samstag: Fahrt nach München

  Sonntag: Robbys Party um 19 Uhr

  Montag: Robbys Geburtstag

Kapitel 9

Ü19 *Beispielantworten:*

  a) ist sie mit Robby allein in die Stadt gegangen.

  b) kann man auf Kissen sitzen.

  c) einen Trabi-Schlüsselanhänger bekommen.

  d) spielt seine eigene Musik.

  e) vor ungefähr 100 Jahren fertig.

  f) ihn fängt.

  g) ist gestolpert.

  h) dem Wasser geholfen.

  i) Lara geküsst.

Ü20 *deine Antwort*

Hörtext als MP3 unter www.cornelsen.de/webcodes
Code: fowura

Lara und Robby in Leipzig

Sprecher/innen:	Denis Abrahams (Erzähler), Angelina Geisler (Lara), Kim Pfeiffer (Tante Sabine) und Christian Schmitz (Onkel Thomas).
Regie und Aufnahmeleitung:	Susanne Kreutzer
Tontechnik:	Hüseyin Dönertaş, Christian Marx
Studio:	Clarity Studio Berlin